Warum warten?

1

Aki Kusaka

TOKYOPOP®

Warum warten? 1

INHALT

KAPITEL 1

Warum warten?

Wie bitte?

Ich bin der Mann ...

... der eines Tages an der Spitze dieses Landes stehen wird!

St. Margareten-Mädchenschule

Keiichiro Katsuragi.

Schüler in der zweiten Jahrgangsstufe an der Shuei-Highschool, die zur K-Universität gehört. Stammhalter einer ehrwürdigen Familie von Politikern.

Sowohl sein Vater als auch sein Großvater sind ehemalige Premierminister ...

... heißt es hier.

Keiichiro Katsuragi

Geburtsdatum:
Alter: 16 Jahre
Herkunft: Tokyo
Bildungsgang: Grund-
Mittelschule, zuge
K-Universität
Shuei-Highschool, zugehörig
K-Universität
...hiro Katsuragi, Enkel d
...inisters Soichiro

Aha, eine noble, unglaublich angesehene Familie ...

Was bedeutet »ehrwürdig«?

Und ... »Premierminister« ...

Oh Mann ...

Ich bin Yuri Hasegawa. 16 Jahre alt und im zweiten Jahr der Highschool.

Der Typ ist knallharte Elite!!

Verdammt, verdammt, verdammt, davon hab ich nix gewusst ...

Flapp

Raun

Da gehen nur spindeldürre Streber mit Brillen hin ...

Bei denen ist der Notendurchschnitt 50 Punkte höher als bei uns.

Die Shuei ... haben die nicht die höchste Aufnahmequote an der T-Uni?

Hey, Yuri, du bist mit einem Typen von der Shuei zusammen?

Mein Freund ...

... ist irgendwie 'ne ganz krasse Nummer!

Die kleben den ganzen Tag an ihren Schreibtischen.

Und außerdem ...

Schnatter

Schnatter

... willst du
dich einfach
nur mit mir
unterhal-
ten?

Entscheide
dich.

Was sind
das denn
für »Traditi-
onen«?

Genau,
allein die
Erinne-
rung daran
macht mich
schon wü-
tend ...

Jetzt re-
den plötz-
lich alle
über seine
Herkunft
und seine
Schule.

Da kann
ich über-
haupt
nicht mit-
halten.

Und
außer-
dem ...

Genau
das ...

So was
findest
du süß
...?

Hört sich
nach einem
ziemlich
ätzenden
Typ an ...

... fand ich
an ihm doch
so süß ...

Paragraf 7 der Beziehungsregeln der Katsuragi-Familie!

Bei Anzeichen eines Verstoßes ...

... wird nach einer Überprüfung eine strenge Strafe verhängt ...

Jungen und Mädchen sitzen ab dem siebten Lebensjahr nicht mehr zusammen! Ferner ist es Mädchen bis zu einem Alter von 16 Jahren und Jungen bis 18 Jahren untersagt, ein Bett miteinander zu teilen!!

D... Das bedeutet ...?!

?!

Woher soll ich das denn wissen?! Ich darf ihn jedenfalls nicht einmal berühren!!

Was bedeutet das, »miteinander rummachen« ...?!

Das kleinste bisschen miteinander rummachen ...?!

Bis wir 18 sind, können wir nicht einmal das kleinste bisschen miteinander rummachen!!

Ehrlich gesagt ...

Damit ist eigentlich sexueller Kontakt gemeint ...

Raun

»Was soll das denn?«

Das ist mir doch egal! Traditionen interessieren mich nicht!!

Und es dauert noch über anderthalb Jahre, bis Keiichi 18 wird …!

Unmöglich! So lange kann ich nicht warten!

»Das ist Tradition.«

Grrrrr

Deshalb habe ich mich …

… dazu entschlossen …

Sst

Oooh!

Und dann!

Wapp

... Keiichi zu verführen!!

Klappe!

Klar doch, sie ist schließlich ein unschuldiges Lämmchen ...

Setzt du dein Ziel nicht etwas niedrig an?

Uwaah!

Wenn es gut läuft, ein Kuss ...!

Am nächsten Morgen ...

Ticketschalter Südeingang

Dir werde ich es schon zeigen, Keiichiro Katsuragi ...

Regeln sind dazu da ...

Flapp

... gebro-
chen zu
werden!!

Raun

Und ...

Er sieht
wie ein
Model
aus ...

Ist der
Typ da
nicht total
umwer-
fend?!

Irgend-
wie ...

Blick

Wenn ich so
drüber nach-
denke, sieht
er schon
... schlau wirklich ...
und wie
ein Sohn
aus gutem
Hause
aus ...

Mein
Freund sieht
wahnsinnig
gut aus?!

Woaaaah!!
Wahnsinn!!

Huuch?

... gar nicht zu ihm ...

Zitter *Zitter* *Zitter*

... passe ich ...

Und nur weil ich bisher noch keinen Freund hatte ...

Ich verhalte mich einfach so, wie ich möchte.

Wurstel Wurstel

Egal!

»Unschuldiges Lämmchen!«

... und auch nicht geschickt oder erfahren bin ...

Gibt's nicht!

Denk da logisch drüber nach!!

Auf geht's!

Er ist auch nur ein Mensch!

Schleich Schleich

Zitter

Keiichi!

Gibt es denn einen Typen, der es nicht toll findet, wenn das Mädchen, das er mag, auf ihn zukommt?!

Was ist denn jetzt?

Was soll das denn bitte sein?

Nun sag schon.

Hä?

Aber würde das nicht so aussehen, als würde ich ihn anbetteln?!

Huch?

Wie meinst du das ...

Yuri, freu dich.

Pack

Hää?!

Vo... Vor- hin ...

Dass wir da weiter ...

Ähm ...

Zu...

Zum Bei- spiel ...

26

Das bringt uns in eine schwierige Lage.

»Das bringt uns in eine schwierige Lage.«

»Schwierige Lage« ...

Warum?

»Schwierig« ...

Alles Dinge, von denen ich nichts verstehe!

Yuri?

Traditionen, Überwachung, »schwierige Lage« ...

Wir sind doch zusammen, da ist es doch normal, dass ich ...

... dir nah sein und ... viele Dinge tun möchte!!

Klar gibt es Grenzen!

Ich ...

Ich ...

Aber normalerweise legt man die doch selbst fest, oder nicht?!

Und dann muss ich mir gleich am Anfang anhören, dass das nicht geht? Das ist doch Betrug, völliger Betrug!

Und trotzdem ...

... werden dann auf einmal die »Familie« und »schwierige Lage« ins Spiel gebracht ...

Aber ... deshalb ...

So was wollte ich nicht sagen ...

Ich versteh das alles nicht!!

Du ...

... herz- loses Monster!!

Lass los!

Bedauer- erlicher- weise ...

Rupf

!!

Aber ...

...

... hat die Katsuragi- Familie sehr viele Politiker hervorge- bracht.

Solche Re- geln werden nicht ständig aktualisiert und decken auch nicht immer alle Fälle ab ...

Wenn sich jemand in der Fa- milie unehrenhaft verhält oder Fehler macht, wird er voll und ganz ausge- schlossen.

Insofern denke ich, dass es durchaus möglich ist, da Schlupflöcher zu finden, aber ...

Dafür benöti- ge ich Zeit ...

Aber ...

So viel »Aber« ...

Wovon redest du da?

?

Das gilt nicht nur für Gesetze, sondern auch für Regeln, die durch Traditionen fest- gelegt sind.

32

Warum
nur ...

Ich dachte,
das wäre
nur ...

...seine üb-
liche Andro-
hung gewe-
sen, aber ...

Warte
auf mich.

Waaah

Aber am nächsten Tag ...

Er kommt wirklich nicht ... die- ser Typ ...

Flatter
Flatter

Der Zug fährt ein.

Ratter

Schon eine Wo- che ...

Das ist das erste Mal ...

Ratter
Quietsch

Seine Adresse kenne ich auch nicht ...

Schwank

»Was ist denn mit dir los?«

Bevor wir zusammenge- kommen sind, hatten wir einen kleinen Streit ...

Bitte steigen Sie zügig ein.

Pshuuu プシュ 。。。

Hör gut zu!

Über vier Dinge.

Ich möchte mit dir sprechen.

Wupp

Da kommen gleich neue Typen nach.

Wart mal ... ist das okay?

Öhm ...

J... Ja ...

Der Paragraf stammt aus einer Zeit vor der Einführung des Altersgesetzes. Das Alter wird deshalb nach der traditionellen Zählweise berechnet. Ich werde demnach in etwa einem halben Jahr 18 Jahre alt.

1868.

Ich habe überprüft, wann Paragraf 7 der Beziehungsregeln eingeführt wurde.

Pack

Und ...

Erstens.

Ich habe eine Woche bei der Hauptfamilie verbracht und eine andere Zugstrecke benutzt.

Mh?!

Hn ...?

Zweitens.

Drittens.

Du musst dir keinerlei Sorgen machen.

Halt, halt, halt ... war das eben grade nicht superwichtig?!

!

Was ...?

... dies war eine Ausnahme.

Die Dauer ist zwar verkürzt, aber das Kontaktverbot bleibt leider weiterhin bestehen.

Bezüglich der Hauptfamilie wurde mir eine Schweigepflicht auferlegt.

Hast du irgendwelche Fragen?

Kuller
Kuller

Ich liebe dich ...

Junger Herr ...

Nein, hast du nicht!! Gerade eben hast du es nicht gesagt!

Hab ich!

...

Ach, übrigens ...

Hast du mir eigentlich schon mal »Ich liebe dich« gesagt?

Überhaupt nicht!

Auch nur ein einziges Mal?

Ich habe den jungen Herrn gefunden. Er ist in Bereich B des Bahnhofs.

Die Bodyguards #1

Sonobe (25)
Hat immer
Pech.

Yurugi (30)
Wohlerzogen.

Anführer
Kondo (35)
Vergöttert seine
dreijährige Tochter.

Okazaki (23)
Macht
Krafttraining,
kann aber kein
Muskelmann
werden.

Obwohl er
gerade nicht
im Dienst ist,
wurde Sonobe
angerufen, weil
er in der Nähe
wohnt.

Total
verschlafen.

Ist das
nicht
vielleicht
irgendein
Missver-
ständnis
...?!

Der
Junge
Herr ist
davon-
gerannt
...?!

Há?!

KAPITEL 2

Ich habe mich verliebt.

Ich liebe diesen Menschen ...

Und ich will an seiner Seite sein.

Ich liebe ihn, ich liebe ihn, ich liebe ihn.

Und dieser Mensch liebt mich ...

Nur das ...

... ist es, was ich will, aber ...

Quietsch

Warum warten?

Ich bin Yuri Hasegawa. 16 Jahre alt und im zweiten Jahr der Highschool.

Ich habe seit Kurzem einen Freund, aber ...

Ausrast

Was zum Geier ...

Du bist doch die ganze Zeit von deinen Bodyguards umgeben!

Paragraf 6 der Sicherheitsvorschriften der Katsugari-Familie.

»Die zu schützende Person muss den Überwachungsplan verstehen und darf dessen Durchführung nicht behindern.«

Ich habe dagegen verstoßen.

Aber es scheint, dass dieser Freund ...

... ist das denn hier?

Keiīchiro Katsuragi.

Der Stammhalter der Katsuragi-Familie, einer der bedeutendsten und reichsten Politikerfamilien Japans.

Sowohl sein Großvater als auch sein Vater sind ehemalige Premierminister.

Ein unübertroffener Elitejunge.

Dies ist eine Bestrafung.

... nicht wirklich »normal« ist!

Ngoooh!

Klick

»Bis ich 18 bin, sind jegliche sexuellen Kontakte verboten.«

Ich hatte davon keine Ahnung, als ich anfing, mit ihm auszugehen ...

59

Und da sind sie wieder, diese dämlichen Traditionen!

So sind nun einmal die Traditionen und sie dienen dazu, mich zu beschützen. Also beschwer dich deswegen nicht.

Rundheraus

Verrückt, oder nicht ...

Ihr habt doch alle einen an der Klatsche!

Keiichi verhält sich, als wäre das total normal.

Was soll das denn?

Was heißt hier dämlich?

Schmoll

...

Ich meine ...

Was ist?

Keiichi! Keiichi! Keiichi!

Hör auf!

Es liegt also wieder nur an mir ...

Einsamer Ringkampf

Eigentlich ... können wir immer noch genauso miteinander umgehen.

Letzten Endes hat er jetzt einfach nur noch mehr Bodyguards ...

Keiichi, bist du dir sicher?

Wenn das so weitergeht ...

Yuri?

Ups!

Ich wünschte, Keiichi würde sich ...

... können wir jetzt nicht einmal mehr ...

... so wie neulich flirten ...?

Wann kann ich denn das nächste Mal ...

... den Keiichiro von jenem Tag treffen ...?

... noch viel ...

... viel mehr ...

Such Such

...

Schlag das nach, du Dummkopf.

N... Nein, habe ich nicht ...

Ähm ...

... überhaupt ordentlich nachgeschlagen?

... die Bedeutung einer »Schweigepflicht« ...

Hä?

Du... Dummkopf ...?!

Aaaaaah!

Schweigepflicht
Das Verbot, sich öffentlich über eine bestimmte Angelegenheit oder ein Gespräch zu äußern. Ferner ein dementsprechender Befehl.

Was ich dir vorhin noch sagen wollte ...

Je nach Schwere des Verstoßes ...

... könnte ein Gespräch wie dieses hier durchaus abgehört werden.

Abge... ?!

Wenn du statt einem »Kontaktverbot« ...

So was machen die?!

... kein »Annäherungsverbot« auferlegt bekommen möchtest.

Machen die. Sei dir dessen bewusst.

Aaah, nein, nein, nein ...

Kommt der aus dem Mittelalter, oder was ...?

Wegen.

Familienregeln.

Irgendwelchen.

Das ist sooo traurig!

Der ist so ein reicher Junge, der hat Geld und Macht und Technologie!!

Und trotzdem ...

Das ist so komisch!

Ha ha!

Grummel Grummel

Bei dir staut sich einiges an ...

Wut, mein ich, ...

Hat der bis jetzt kein Smartphone gehabt?!

Weil er das gesagt hat, habe ich gewartet ...

»Ich werde mich darum kümmern.«

»Das Genehmigungsverfahren ist kompliziert, deshalb habe ich es vermieden ...«

»... aber dieses Line* ...? ist gar nicht schlecht.«

Er darf ab der Highschool wohl eins benutzen, wenn er einen Antrag stellt, aber ...

*Messenger-App

Ich will auch ...

Hat er dir was getextet?

Hmm ...
Also na ja ...
Grummel
Sag schon!

Ich will auch ...

...

Meinem Freund!
Von wem denn?

Guckt auf ihr Smartphone, obwohl sie weiß, dass da nichts kommt ↓

Sorry.

Tapp
Tapp

Nichts Besonderes ...

Dieses »Nichts Besonderes« ...

Ich will auch ...!

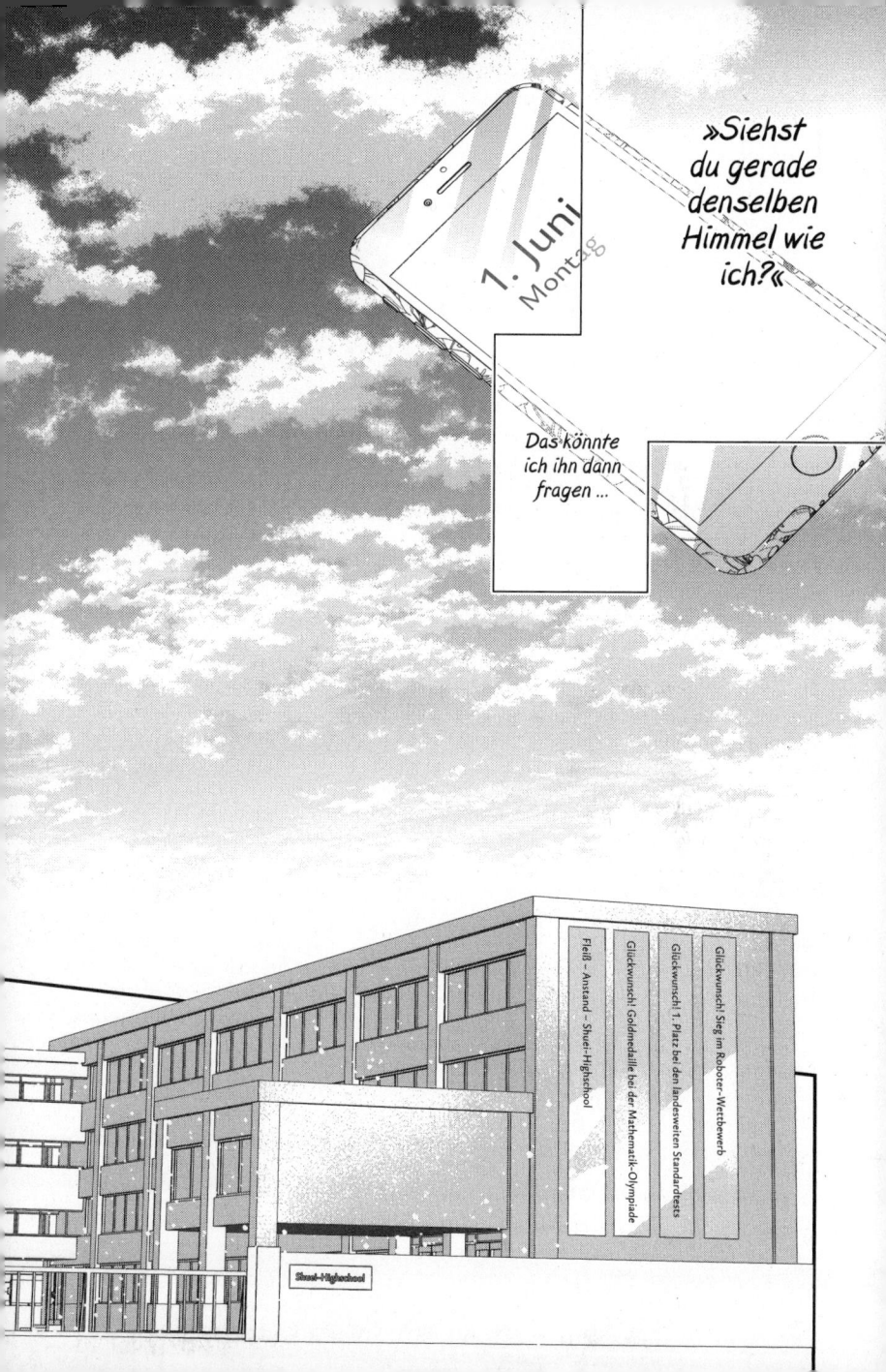

»Siehst du gerade denselben Himmel wie ich?«

1. Juni
Montag

Das könnte ich ihn dann fragen ...

Fleiß – Anstand – Shuei-Highschool

Glückwunsch! Goldmedaille bei der Mathematik-Olympiade

Glückwunsch! 1. Platz bei den landesweiten Standardtests

Glückwunsch! Sieg im Roboter-Wettbewerb

Shuei-Highschool

Kauf ei∩ Smartphones

Kritz

Für eine

Und ...

... so
wurde
es ...

... Frei-
tag.

Bis
dann,
Yuri!

U-Bahn

Ja, bis
nächste
Wocheee!

»Ich habe ihn zwar eingereicht, mache mir aber keine großen Hoffnungen.«

Der Antrag für sein Smartphone ist immer noch nicht durch ...

Die Muskelmänner sind auch immer noch da ...

Haaaaaah!

Freitag ist echt hart ...

Ab heute kann ich Keiïchi zwei Tage weder sehen noch mit ihm reden. Ich kann nicht mal einen Blick auf ihn werfen ...

Ich sterbe!

Sterben wäre da echt besser ...

Schluck

Wenn wir uns nicht verabreden ...

... gibt es kaum eine Chance, dass wir einander treffen ...

... ganz unbewusst dorthin, wo Keiïchi immer auf mich wartet ...

Und dann gehe ich irgendwie ...

Morgens sehen wir uns immer zur selben Zeit, aber abends ...

Aber ...

... denke ich manchmal, dass Keiichi vielleicht nicht kommt.

Ich hasse das Wochen-ende.

Und selbst wenn der Montag da ist ...

... dass ich mich an jede noch so kleine Möglich-keit klammern möchte.

Manchmal bin ich mir so unsicher ...

... seine Stimme ...

5. Juni
Freitag

... wäre es schön ...

In solchen Momenten ...

... oder auch nur ein Wort von ihm zu hören ...!

Wenn das auch in Zukunft so weitergeht ...

... wird das echt schwie-rig werden.

Wirklich nichts Besonderes.

Räusper

Hm?!

Wenn man die Buchhaltung in Bewegung setzen möchte ..

.. muss man sich ein bisschen schriftstellerisch bemühen.

?

Antragsformular

Tag der Antragstellung	04.06.2020
Genehmigungsdatum	
Antragsteller	Keiichiro Katsuragi

Betreff: Kauf eines Smartphones

Bewilligt

Prägnant und schön formuliert.
Ogasawara

...mit Gleichaltrigen.
...möchte ich
...Himmel sieht
...din fühlt...

Antragsgrund
Für eine reibungslose Kommunikation mit Gleichaltrigen.
Beispiel: Wenn ich in den Himmel schaue, möchte ich
wissen, ob meine Freundin auch denselben Himmel sieht.
Wenn ich wissen will, wie sich meine Freundin fühlt, und
schnell darauf reagieren möchte.

Anhang

Liest sich wie ein Liebesbrief
Tokunaga

Klingt gut.
Kasuga

Kasuga | Tokunaga | Ogasawara

Die Bodyguards #2

Anführer

Kasuga (39)
Sein älterer Zwillingsbruder ist Keiichis Chauffeur.

Sakurai (29)
Versteht sich gut mit Yodobashi.

Yodobashi (29)
Hat eine Katze.

Sind die Muskeln definiert?

Kakuda (32)
Hat empfindliche Haut.

Absolut definiert.

Japp, sind definiert.

Einmal im Monat werden die Muskeln bewertet.

Glatzköpfe = Elite-Bodyguards
(Kein Glatzkopf = Kommt aus der Buchhaltung)

Drei Tage sind vergangen, seit Keiichi sein Smartphone bekommen hat.

Und es sind weniger ...

Ah ... die sehen irgendwie anders aus ...

Die Muskelmänner-Bodyguards sind jetzt auch wieder nur Mittelklasse.

Es ist Montag.

Das war weder eine Umarmung noch ein Tackling.

Sie ist gestürzt. Erwähnt das im Bericht als Sturz.

Warum warten?

Keiichi antwortet echt schnell.

Pling

Was machst du grad?

Eine Sekunde ...

Ich lerne Mathe.

Pling

Im Durchschnitt etwa alle 5 Minuten ein Nachrichtenaustausch ...

War doch so, weil du nicht aufgelegt hast ...

Ach, das ...

Keiichi, leg du auf.

Hey, wann legst du denn auf?

Nein, du.

Telefonate, bei denen sich die Gesprächsthemen auf das Telefonieren selbst erstrecken.

Was?

Zappel Zappel

Starr

Nervös

Nervös

War das wirklich so?!

Leistungseinbußen während der Gesprächspausen ...

Das ist mittlerweile schon ...

Pling

Ach so ...

!!

Starr

... treiben mich jetzt fast in den Wahnsinn ...

Smartphones ...

Nein ... Sachen, die in Echtzeit laufen, sind echt furchterregend ...

Lärm

Lärm

Pling

Elektrische Geräusche und Vibrationen ...

Nein, nein, ich hab doch gesagt, dass ich dir nichts geschickt habe ...

Grad eben!

Pling

Pling

... die ich in meiner Umgebung bisher gar nicht bemerkt habe ...

Dotz

Keiichi ...

Ah!

Vrrr

Vrrr

Vrrr

Aber wenn das so weiter- geht ...

I...

Ich war schließ- lich so glücklich!

Ich konnte mit dir bis abends reden und du hast mir immer sofort geant- wortet ...!

Auf überhaupt gar keinen Fall!!

?!

In ein paar Tagen beruhigt sich das bestimmt ...

Du hast dich viel- leicht noch nicht dran gewöhnt, aber ...

... finde ich das voll süß, wie Keiichi ...

Und außerdem ...

Ich fasse mich jetzt mal ganz klar ...

... sich für mich zum Trottel macht ...

Nicht mit mir!! Ich bin total da- gegen!!

Berüh- ren verboten! Küssen verboten! Ich halte das jetzt schon kaum aus, und dann soll da noch ein Smartphone- Verbot dazu- kommen?

Du ...

Wegen dem Dopamin!

Ich hab kein bisschen geschlafen!

... riesengroßer Volltrottel!!

Keiichi hat wirklich ...

Heey, Yuuuri ...

Tuschel Tuschel

St. Margareta Mädchenschule

»Ich dachte mir ... «

»... dass du dich am meisten freuen würdest ...«

... macht er da nur ...?

Was ...

Yuri.

!

Keiichi!

Aber ...

... wenn dir das Probleme bereitet ... dann macht es doch keinen Sinn.

!

... ich weiß doch, dass du dich mir zuliebe angepasst hast.

Keiichi ...

Das macht mich wirklich glücklich.

Dein Unterricht ...

Ich bin doch ...

Klatter

?

... nicht so blöd!!

?!

Hust

Räusper

Das ist eine sehr lobenswerte Einstellung.

Selbst im Vergleich mit dem letzten Mal verstößt dieser Vorfall nicht gegen unsere Traditionen.

Was bist du hier so entspannt?!

Wegen meiner schlechten Noten werde ich zwar wahrscheinlich irgendwie bestraft ...

Klirr

... aber das dürfte nichts sein, was ich nicht wieder aufholen kann.

Ich habe dir doch gesagt, das ist das zweite Mal.

Denke ich zumindest.

Du hast das schon heute Morgen erwähnt ...

!

KAPITEL 4

1. Jahrgang, Leistungstest Mai

1. Platz: Keiichiro Katsuragi, 495 Punkte
2. Platz: Shinobu Kasuga, 491 Punkte
3. Platz:

Raun

Raun

Ein Jahr zuvor.

Katsuragi, du bist wirklich der Stolz dieser Schule.

Nein.

Sei nicht so bescheiden.

Sie übertreiben doch.

Tuschel!

Ich habe mich lediglich entsprechend unseren Traditionen verhalten.

Keiichiro Katsuragi, 15 Jahre alt.

Warum warten?

Ich habe mich wohl tatsächlich falsch verhalten ...

Haben Sie etwas angestellt?

Wir können uns nicht sicher sein, was passieren wird.

Und wenn sie ...

Sie sollten frühzeitig einen Antrag auf Verstärkung Ihrer Sicherheitskräfte stellen ...

... sich über das, was ich getan habe, ärgert ...

»Was soll ich denn damit anfangen?«

Das war zwar eine spontane Reaktion, aber ich habe ihr etwas aufgedrängt, das sie für Müll gehalten hat.

Ich würde mich nicht wundern ...

... wenn sie das als eine Beleidigung aufgefasst hat ...

Junger Herr?

Ich ...

Aber es ist doch moralisch falsch, sich für eine Unhöflichkeit nicht zu entschuldigen ...

Junger Herr.

Bitte hören Sie damit auf! Sich in voller Absicht einer Person zu nähern, die wahrscheinlich eine Gefahr darstellt ...

Was reden Sie denn da?!

Ich sollte mich wohl bei ihr entschuldigen.

?!

Verstehen Sie das?

Sie sind der Erbe der Katsuragi-Familie ...

...

Ihr Körper gehört nicht nur Ihnen allein.

... und als solcher befinden Sie sich in einer Position, in der Sie beschützt werden müssen.

Das stimmt.

Bitte bedenken Sie dies.

!

Es wäre in Ordnung gewesen ...

Ach, dafür verwendet man dieses Ding.

!

Guten Morgen, Brillenschlange.

Was für ein Zufall ...

Ich dachte mir, dass ich dir das hier zurückgeben sollte ...

Flapp

Ich dachte, du hättest das schon längst weggeworfen ...

Waaas?!

?!

Das ist das, was du mir gegeben hast!!

Das war von Anfang an so labbrig.

...

...?

?

...

... die einem aus Angst Dinge anbieten ...

Aber ich brauch das nicht.

Und wegwerfen möchte ich es auch nicht.

Deshalb ...

Es gibt immer wieder solche Leute ...

Danach ...

... aus den Fugen.

... geriet mein Alltag ...

Manchmal müde, manchmal konzentriert.

Manchmal hat sie schlechte Laune, manchmal ist sie fröhlich.

Sie macht jeden Tag ein anderes Gesicht.

Dabei hat sie doch eine Schuluniform.

Yuri Hasegawa trägt jeden Tag andere Klamotten.

Warum ...?

Warum wünsche ich mir bloß, all diese Veränderungen mit meinen eigenen Augen zu sehen?

Es gibt da wahrscheinlich ...

Ich kann nicht schlafen ...

Lehrer der
Shuei-Highschool
Namekawa (30)

Hm?

Testest
du mich
etwa?!

Katsu-
ragiii!!

Zuständig für Mathe-
matik und Schülerbe-
treuung. Ist selbst ein
Absolvent der Shuei-
Highschool und hat
hohe Vorstellungen
davon, wie die Schule
sein sollte.

Reib
Reib

Hat schwache Nerven und
einen empfindlichen Magen.

Hat eine kleine Schwester,
aber er kann mit Frauen
nicht gut umgehen.

Hat bisher null romantische
Erfahrungen und versucht,
das zu verheimlichen.

Pure
Verzweiflung

Über die Störung des Lebensrhythmus durch das Bestehen einer romantischen Beziehung und die Verbesserung dieses Zustandes.

Als Keiichi ins Beratungszimmer gehen musste, habe ich mir Sorgen gemacht und wollte sehen, was los ist ...

Und dann hat er da eine superpeinliche Präsentation gehalten.

Ke...

Keiichiro Katsuragiiii!!

Von meiner Seite aus ...

... wäre das dann alles.

Warum *warten?*

Der Typ wickelt mit einer Liebesgeschichte seinen Lehrer um den Finger!!

Dürfte ich dann bitte das Smartphone zurückbekommen?

Warum ist Keiichi ...

Aber Katsuragi ...

... ist es denn für einen Mann wie dich wirklich in Ordnung, so offen über solche Dinge zu sprechen ...?

!!

Mit einem kühlen Gesichtsausdruck sagte er ...

Na gut, Katsuragi, wenn du so fragst ...

Darüber hatte ich mich auch gewundert ...

...?

Offen?

»Verlieb dich in mich!«

Das macht mich voll glücklich und auch total verlegen ...

Für mich ...

Aber ...

»Uns«!

Sst

Mh?

Außer-
dem ...

...

Vorbeug

Außerdem ...

... können Informationen manchmal in einer unerwünschten Weise durchsickern.

Uh ...

Kritz
Kritz

Wenn man etwas ausführlich in seinen eigenen Worten erklärt, laufen die Dinge oft reibungslos ab.

Flapp

Zum Beispiel ...

Schockstarre

Die Nutzung des Smartphones ist grundsätzlich auf eine Stunde pro Tag beschränkt. (An Wochentagen von 17:00 bis 18:00 Uhr, an Ruhetagen von 7:00 bis 8:00 Uhr). Telefonate sind auf 10 Minuten pro Gespräch begrenzt. Außerhalb der Nutzungszeiten wird das Smartphone ausgeschaltet ...

Yuri, dein Freund ...

Deklaration der Verpflichtungserklärung!

Ganz plötzlich sind dann die Bodyguards aufgekreuzt.

Gestern, etwas später.

... ist echt ziemlich durchgeknallt.

Keiichiro Katsuragi!

Schwören Sie, diesen Punkten Folge zu leisten?

Uwaaaaah! Total durchgeknallt! Der Typ ist verrückt! Der kennt überhaupt keine Grenzen!!

»Damit treten nun alle drei Paragrafen der ›Neuen Vorschriften zur Smartphone-Nutzung‹ in Kraft ...«

Ja, das schwöre ich!

Ich mein, ich habe ihm ja gesagt ...

... dass ich gewartet hätte, wenn ich gewusst hätte, dass es so enden würde ...

Aber ... das ist doch was anderes!

So habe ich das gemeint!

... statt »rund um die Uhr« ...

... sehen wir uns »in unserer Freizeit«.

Ich meinte damit doch eher ...

»Okay, dann bis heute Abend!«

»Ich geh dann mal ein bisschen lernen ...«

Irgendwie so was!

Ist nicht wahr...

Hey, Keiichi!

Antworte mir!

Guckst du dir das nicht mal an?

Hey!

Stille

Dafür braucht man dann ja kein Handy mehr ...

Wer kommmt bitte darauf, das auf eine Stunde pro Tag zu beschränken?!

Die Zeit ist um.

... möchte noch länger mit dir sprech...

Ah, also, ich ...

Bis dann.

Klick

Ach ja, genau. Noch zehn Sekunden.

Neun.

Acht.

Keiichi ... es ist gleich 18 Uhr, richtig?

Wir konnten uns zwischen 17 und 18 Uhr tatsächlich ganz normal unterhalten, aber ...

Vor 18 Uhr.

Manno ...

Es fühlt sich an ...

Der schaltet echt schnell um ...

Ich hab gut geschlafen.

Und heute Morgen war der total unberührt!!

Keiichi, das ist echt nicht in Ordnung.

Das verzeih ich dir nicht.

Es gibt genug Leute ...

... mit denen du ganz normal chatten, küssen und andere Sachen machen kannst.

Ich mein ...

... bist du denn mit deiner Situation zufrieden?

Chigusa ...

... dass Traditionen und Regeln ...

Ich dachte immer ...

... nur nerviger Blödsinn sind, aber ...

Und du, Keiichi?

Pling

Pling

Ich will gerade heimgehen, aber ...

... machen Regeln die Dinge denn nicht klarer?

Ich hab meinen Regenschirm vergessen.

Ich frag mich, wie er sich gefühlt hat ...

Und rufe gleich jemanden, der mich abholt.

A a a a a h!

... als er darauf gewartet hat, dass ich ihm verzeihe.

Mir ist grad was Gutes eingefallen!

Was? Hat dich jemand gerufen?

Sorry, ich muss los.

... dann spielt das eigentlich keine große Rolle, wenn ich dich einfach direkt treffen gehe.

Wegen der Smartphone-Regelung war ich zwar ein bisschen sauer, aber ...

Wenn ich da genauer drüber nachdenke ...

dazu, seinen ... zu vergessen, und muss deshalb abgeholt werden.

Datum: 09.06.2020

Verpflichtete: Yuri Hasegawa

Wenn du damit einverstanden bist, dann unterschreib hier!

Was ...

...?

Du kannst deine Traditionen bewahren und ich kann dich treffen.

Keine gute Idee?

Kicher

Ein Perspektivenwechsel!

1. An Regen
6.2020
Hasegawa
Keiichiro Katsuragi
Unterschreib
Zeuge:
Keiichi ...
Du bist auch immer so.
Darf ich da drunter?

Chigusa Urano (16)
Zweite Stufe an der St.
Margarete Mädchenschule.

Zweite Stufe an der
St. Margarete Mädchenschule.

Ist im August geboren,
also ein kleines bisschen
älter als Yuri.

Wurde im selben Wohn-
block wie Yuri geboren
und wuchs auch dort auf.

Geriet in der Mittelschule
auf die schiefe Bahn und
war froh, dass Yuri diese
Phase mit ihr gemeinsam
durchgemacht hat. Im
dritten Jahr der Mittel-
schule hat sie sich dann
gebessert.

Sie hat wohl
ziemlich viele
Freunde.

Ich
chatte
gerade
mit einer
Freundin

Heey, was
machst du
heute?

Also laber
mich nicht
an.

...

Pieks

Was?!

KAPITEL 6

Special Thanks!

Redaktion: J-sama

Illustrationsassistenz: K-sama

Buchgestaltung: Tanigami sama

An alle in der Redaktion von Margaret.

An alle, die bei der Veröffentlichung
und im Vertrieb geholfen haben.

An meine Familie und Freunde, die
mich unterstützt haben.

Und natürlich auch an alle
Leser*innen!

Vielen herzlichen Dank!

Feedback oder Briefe könnt
ihr an folgende Anschrift senden:

TOKYOPOP GmbH

Redaktion

Curienstraße 2

Haus am Domplatz

20095 Hamburg

Ich würde mich
sehr freuen, wenn wir
uns auch im nächsten
Band wiedersehen!

Ich bin das erste Mal ...

...allein mit Keiichi auf dem Heim-weg.

Hey Keiichi, so kann ich den Schirm nicht gerade halten.

Warum warten?

Es wäre also durchaus nicht falsch, das als mein Zimmer zu bezeichnen.

Bis ich in die Highschool kam, habe ich fast meine gesamte Zeit hier verbracht, von Bettruhe abgesehen.

Ist das denn dein Zimmer, oder was?!

?!

Was?

Jedes Familienmitglied bekommt einen Wagen für den persönlichen Gebrauch zur Verfügung gestellt.

Was meinst du damit?

Könnte man so sagen.

... war ich von meinen auf die Minute genau geplanten Terminen so erschöpft ...

Zwischen Schule, Nachhilfe, Übungsstunden, Familientreffen, Partys und Besprechungen ...

Wir sind zu Hause angekommen.

Junger Herr.

Junger Herr, wir fahren los.

Junger Herr, es ist Zeit.

Der Staat

Keiichiro Katsuragi, 6 Jahre alt

Er war schon als Kind total komisch ...

Junger Herr!

Tock Tock

... dass ich mich besserer Effizienz wegen entschlossen habe, meine Zeit hier zu verbringen.

Ist doch nur Zeitvertreib von reichen Schnöseln.

... wie ein geheimes Versteck.

Für mich ist das hier ...

Und weißt du was? Das war gar nicht so schlecht.

Natürlich nicht.

Dieses Spiel ist eigentlich erst ab 12 Jahren erlaubt ...

Niemand hat sich an die zahlreichen Familienregeln für die verschiedenen Spiele gehalten.

Ich verstehe echt nicht, was in den Köpfen von so stinkreichen Leuten vorgeht ...

Und Kartenspiele sind selbstverständlich verboten ...

Hast du denn nicht draußen gespielt?

Dieser Vorfall muss den Erziehungsberechtigten gemeldet werden ...

Meine Leidensgenossen ...

Außerdem ...

Ich habe es versucht, aber ...

»Wenn ich dir das zu-vor gesagt hätte ...«

»... hättest du dich trotz-dem für mich entschieden, Yuri?«

Deshalb ...

Keiichi ...

... sind mir so einfache Dinge wie »gemeinsam nach Hause ge-hen« nie in den Sinn gekom-men, aber ...

... wollte bis-her niemand mit »Keiichiro Katsuragi« be-freundet sein.

... du hast mich ja ab- geholt.

Ich bin mir zwar nicht ganz sicher ...

Sorry.

Ah ...

Was meint er ...

... jetzt bloß damit ...?

Das ...

Das kommt jetzt echt etwas ...

... plötzli...

Surr

Surr

Surr

Hey ...

Jetzt sag doch was!

Keiichi ...!

Die ist eindeutig auf uns ausgerichtet ...!

Das ist sonst peinlich für mich.

Surr

Surr

Hmpf, das ist wohl Game Over.

Ke...

Äh ... nein, ich mein ...

Da ...

Aber so sind stille Beobachter nun einmal.

Wenn ihr euch nur noch ein bisschen näher gekommen wäret ...

... hätten wir das als Verstoß gegen Paragraf 7 gewertet, euch sofort getrennt und unser Dienstauftrag wäre damit beendet gewesen.

Wer ...

Wer ist das?!

Kuller

Kuller

Uwaaaaah!

Ah, Entschuldigung.

Ich habe mich nicht vorgestellt.

... brauchst du dir meinen Namen nicht zu merken.

Wa...

Was ist das denn für ein Typ?!

Fortsetzung in Band 2

Bodyguard-Tagebuch

Erster Einsatz!

Sonobe →

Anführer →

Yurugi →

↑ Ich

↑ Der Junge Herr Keiichiro

↑ Häufig auftauchende Göre, ziemlich süß

20. Mai (sonnig) Ich bin Osamu Okazaki, 23 Jahre alt!! Ich gehöre nun seit zwei Jahren nach meinem Abschluss zum Sicherheitsdienst der Katsuragi-Familie. Bisher war ich nur als Wachmann in der Villa tätig und habe mehr oder weniger den Job von einem Laufburschen gemacht ...

Aber ab heute bin ich persönlicher Bodyguard vom Jungen Herrn Keiichiro!! Yeah!! Es macht mir zwar Sorgen, dass der Junge Herr oft von einer merkwürdigen Göre belästigt wird ... Aber egal was passiert, ich werde ihn beschützen! Den Jungen Herrn!!

Okazakii!! Beeil dich!!

Ja!

AUTORENKOMMENTAR

Dies ist mein erster Printmanga.
Ich bin unglaublich glücklich und
gleichzeitig auch sehr nervös!

Ich hoffe, dass euch dieser
Band Freude bereitet.

Aki Kusaka

Warum warten?

TOKYOPOP GmbH
Hamburg

TOKYOPOP
1. Auflage, 2024
Deutsche Ausgabe/German Edition
© TOKYOPOP GmbH, Hamburg 2024
Aus dem Japanischen von Michael Jürges

HAYAKU SHITAI FUTARI © 2020 by Aki Kusaka
All rights reserved.
First published in Japan in 2020 by SHUEISHA Inc., Tokyo.
German translation rights in Germany, Austria and
German-speaking Switzerland arranged by SHUEISHA Inc.
through VME PLB SAS, France.

Redaktion: Nora Hoos
Lettering: Vibrant Publishing Studio
Herstellung: Rita Geers, Nils Bornemann
Druck und buchbinderische Verarbeitung:
CPI – Clausen & Bosse GmbH, Leck
Printed in Germany

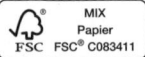
Wir achten auf die Umwelt.
Dieses Produkt besteht aus FSC®-zertifizierten
und anderen kontrollierten Materialien.

ISBN 978-3-7593-0283-0

www.tokyopop.de

Warum warten?

MARMALADE BOY PERFECT EDITION
Wataru Yoshizumi

Süß wie Marmelade!

Mikis Leben steht kopf! Ihre Eltern wollen sich trennen, mit einem anderen Paar die Partner tauschen, und dann sollen auch noch alle unter einem Dach leben?! Miki ist schockiert und wild entschlossen, das bunte Treiben zu verhindern. Als sie jedoch ihren Stiefbruder Yu kennenlernt, sieht die Welt plötzlich ganz anders aus. Sie lässt sich auf das Experiment ein und so steht dem fröhlichen Patchwork-Familienleben nichts mehr im Wege ...

www.tokyopop.de

MARMALADE BOY LITTLE

Wataru Yoshizumi

»Wir sind wir und das ist gut so!«

Rikka wächst in einer Patchworkfamilie auf. Mit sechs Jahren er-
fährt sie, dass sie und ihr vermeintlicher Bruder, der gleichaltrige
Saku, gar nicht blutsverwandt sind. Das macht für sie natürlich
überhaupt keinen Unterschied! Oder etwa doch? Denn als sie ein
paar Jahre später zusammen auf die Mittelschule kommen, ent-
steht ein wahres Wirrwarr der Gefühle. Während Rikka sich auf
den ersten Blick verliebt, hat Saku bald eine Verehrerin. Und das
bringt zwischen den beiden so einiges durcheinander …

BLACK MARRIAGE
Saki Aikawa

Mein Ehemann, der Promi

Highschool-Schülerin Akari kümmert sich voller Hingabe um das Waisenhaus, das ihre verstorbenen Eltern hinterlassen haben. Als dieses nun aber verkauft werden soll, taucht plötzlich ein fremder junger Mann auf und erwirbt kurzerhand die Immobilie. Er verspricht Akari, die Einrichtung unangetastet zu lassen – allerdings nur, wenn sie eine Zweckehe mit ihm eingeht! In Sorge um die Waisenkinder stimmt Akari zu. Am nächsten Tag stellt sie fest, dass die halbe Schule den mysteriösen Käufer aus den Medien kennt. Hat sie etwa unwissentlich einen Prominenten geheiratet?

www.tokyopop.de

MIRACLES OF LOVE
NIMM DEIN SCHICKSAL IN DIE HAND

Io Sakisaka

Liebe in all ihren Farben

Obwohl sie völlig unterschiedliche Ansichten zum Thema Liebe
haben, freunden sich die verträumte Yuna und die realistische
Akari an. Yuna verliebt sich in Akaris attraktiven Bruder Rio.
Doch Akari rät ihr von Rio ab und bringt stattdessen Yunas
Sandkastenfreund Kazuomi ins Spiel. Aber für Yuna muss die
Liebe sie wie ein Blitz aus heiterem Himmel treffen. Außerdem
scheint sich Akari Kazuomi anzunähern ...

www.tokyopop.de

MY WORLD IS YOU

Io Sakisaka

»Das war der Moment, in dem ich mich in ihn verliebte ...«

Takashi ist Baseballspieler in der Schulmannschaft und setzt sich mit Leib und Seele für sein Team ein. Yuriko kennt ihn schon seit der Mittelschule, doch ihre Gefühle für ihn sind neu. Lange überlegt sie, wie sie ihm am besten ihre Liebe gestehen kann. Doch als auch ihre beste Freundin Interesse an Takashi entwickelt, werden die Dinge kompliziert ... Diese und fünf weitere entzückende Kurzgeschichten über die erste Liebe in einem Band!

MASCARA BLUES
Io Sakisaka

**»Als ich ihn das erste Mal sah, klopfte mein Herz wie
verrückt und er schien regelrecht zu funkeln!«**

Mugino verliebt sich wahnsinnig schnell, doch sobald sie einem
Jungen ihre Gefühle gesteht und er das Gleiche für sie empfin-
det, verliert sie genauso schnell wieder das Interesse. In der Hoffnung, dass ihre Gefühle dieses Mal von Dauer sind, fasst sie sich
ein Herz, ihrem besten Freund Shuya eine Liebeserklärung zu
machen ... Diese und vier weitere einfühlsame Kurzgeschichten
über die Liebe in einem Band!

www.tokyopop.de

DIE WELT RETTET DICH
Yoko Maki

»Wenn man verliebt ist, soll alles in der Welt plötzlich strahlen.«

Hiro wird von allen nur »Fräulein Penibel« genannt, weil sie ihre
Mitschüler und Mitschülerinnen ständig auf ihre Verstöße gegen die Schulordnung hinweist. So findet man natürlich keine
Freunde! Doch als sie dem vermeintlichen Rowdy Ryo zu Hilfe
kommt und dieser sich unbedingt mit Hiro anfreunden will,
scheint sich das Blatt zu wenden. Vier bislang unveröffentlichte
Kurzgeschichten von *Sparkly Lion Boy*-Autorin Yoko Maki!

www.tokyopop.de

SCHAU ZU DEN STERNEN, BLICK NICHT ZURÜCK

Haru Aoi

»Jetzt habe ich wieder einen Funken Hoffnung.«

Morino ist ein schüchternes Mädchen, das in ihrer Klasse kaum auffällt. Anders als der beliebte Hasumi, der mit seiner fröhlichen Art alle zum Lachen bringt. Eines Tages begegnet sie ihm jedoch im Krankenzimmer und blickt in ein verweintes, ängstliches Gesicht. Instinktiv spürt Morino, dass in Hasumis Leben etwas nicht stimmt. Und noch am selben Abend wird Morino selbst in Tränen ausbrechen, wenn sie auf ihre aggressive Mutter trifft ...

WIE BLÜTEN UND BLITZE

Kana Watanabe

»Es gibt absolut nichts zu bereuen!«

Umiho kann sich einfach nicht entscheiden, ob sie ihrem Schwarm ihre Gefühle gestehen soll: Zu groß ist ihre Angst vor den möglichen Konsequenzen. Wie ein frischer Wind wirbelt da plötzlich die eigensinnige Yachiyo in Umihos Leben und stellt es mit einer Frage auf den Kopf: Meist ärgert man sich am meisten, weil man nichts unternommen hat, oder? Fortan nimmt Umiho ihr Schicksal selbst in die Hand ...

www.tokyopop.de

DIE GESCHICHTE VOM UNTERGANG UNSERER LIEBE

Miyoshi Tomori / Saro Tekkotsu

»Du bist nicht Isumi!«

Früher waren Aoi und Isumi die besten Freunde, doch als Aoi ihm ihre Liebe gestand, beendete das ihre Freundschaft schlagartig. Allerdings hat sie bis heute keine Erinnerung daran, was nach ihrem Geständnis passiert ist, und weiß nicht, warum Isumi sich seitdem von ihr distanziert. Um endlich Antworten auf diese Fragen zu bekommen, fordert sie ihn auf, sich mit ihr im alten Geheimversteck in den Bergen zu treffen. Doch dort geschieht etwas Unglaubliches: Die beiden werden Zeugen einer übersinnlichen Macht, die von Isumis Körper Besitz ergreift ...

www.tokyopop.de

BLUE SPRING RIDE 2IN1
Io Sakisaka

Die beliebte Romance-Reihe als Neuauflage!

Für Futaba beginnt ein neuer Lebensabschnitt: die Highschool-Zeit! Und da dies eine gute Gelegenheit ist, um Vergangenes hinter sich zu lassen, möchte sie ihre niedliche Art ablegen, die sie schon so oft in Schwierigkeiten gebracht hat. Bereits am ersten Schultag erblickt Futaba in ihrem früheren Schwarm Kou ein bekanntes Gesicht. Doch er sieht nachdenklich aus und wirkt unnahbar. Was wohl in ihm vorgeht ...?

www.tokyopop.de

BLUE SPRING RIDE – LIGHT NOVEL
Akiko Abe / Io Sakisaka

Die Light Novel zur beliebten Romance-Manga-Reihe!

Die Highschool-Zeit ist für Futaba eine gute Gelegenheit, um Vergangenes endlich hinter sich zu lassen. Denn in der Mittelschule mochten die Jungs zwar ihre niedliche Art, bei ihren Mitschülerinnen löste sie damit jedoch Eifersucht und Missgunst aus. Also nimmt sie sich vor, ihr Verhalten zu ändern und möglichst wenig aufzufallen. Doch bereits am ersten Schultag trifft sie auf Kou – ihren früheren Schwarm. Aber auch er hat sich verändert. Nicht nur heißt er ganz anders, er ist auch nachdenklich und regelrecht abweisend. Was verbirgt sich dahinter?

www.tokyopop.de

STOPP!

**Dies ist die letzte Seite des Buches!
Du willst dir doch nicht den Spaß verderben
und das Ende zuerst lesen, oder?**

Um die Geschichte unverfälscht und original-
getreu mitverfolgen zu können, musst du es
wie die Japaner machen und von rechts nach
links lesen. Deshalb schnell das Buch um-
drehen und loslegen!

So geht's:

Wenn dies das erste Mal sein
sollte, dass du einen Manga
in den Händen hältst, kann dir
die Grafik helfen, dich zurecht-
zufinden: Fang einfach oben
rechts an zu lesen und arbeite
dich nach unten links vor.
Viel Spaß dabei wünscht dir
TOKYOPOP®!